【 名家诗歌典藏 】

弗罗斯特诗精选

［美］罗伯特·弗罗斯特 著
王宏印 译

长江出版传媒 长江文艺出版社

图书在版编目（CIP）数据

弗罗斯特诗精选 /（美）罗伯特·弗罗斯特著；王宏印译. -- 武汉：长江文艺出版社，2023.10
（名家诗歌典藏）
ISBN 978-7-5702-2364-0

Ⅰ.①弗… Ⅱ.①罗… ②王… Ⅲ.①诗集－美国－现代 Ⅳ.①I712.25

中国版本图书馆 CIP 数据核字(2021) 第 275571 号

弗罗斯特诗精选
FULUOSITE SHI JINGXUAN

责任编辑：陈欣然	责任校对：毛季慧
封面设计：颜森设计	责任印制：邱 莉 王光兴

出版： 长江出版传媒 长江文艺出版社
地址： 武汉市雄楚大街 268 号　　邮编：430070
发行： 长江文艺出版社
http://www.cjlap.com
印刷： 湖北新华印务有限公司

开本：880 毫米×1230 毫米　1/32　　印张：5.75　　插页：4 页
版次：2023 年 10 月第 1 版　　2023 年 10 月第 1 次印刷
行数：3864 行

定价：45.00 元

版权所有，盗版必究（举报电话：027—87679308　87679310）
（图书出现印装问题，本社负责调换）

序 诗

牧 场[①]

我出去把牧场的泉水弄弄干净;
我只是停下来把落叶耙个干净
(或许, 要等到眼看着泉水清清):
我不会去得太久——你也来吧。

我出去把小牛犊抱进屋来,
那小不点儿, 立在母牛的身旁。
母牛用舌头一舔它, 它就摇晃。
我不会去得太久——你也来吧。

[①] 这首诗原为《波士顿以北》(1914 年) 的序诗。从 1930 年的《诗合集》起, 弗罗斯特便将其作为序诗并一直沿用为其后诗集诸版本的序诗。在英文版中, 也有用 invitation (邀请, 引荐) 名义的, 相当于序诗。所以, 我们的中译本也如法炮制, 作为序诗。——译者注 (后文注释若无特殊说明, 均为译者注)

目　录

第一辑　选自《少年心愿》(1923年)

进入自我　003

十一月的客人　005

星星　007

朔风与窗上花　008

致春风　010

春日祈祷　011

折花　013

玫瑰朱兰　014

冷落　016

割草　017

取水　018

启示　020

花丛　021

关上窗户吧　025

026　心有不甘

第二辑　选自《波士顿以北》（1914年）

031　补墙

034　摘完苹果以后

037　柴堆

040　美好时分

第三辑　选自《山间低地》（1916年）

045　未选择的路

047　风烛冬夜

049　电话

051　雨蛙溪

052　欧文鸟

053　约束与自由

055　白桦树

058　摘苹果时节的母牛

059　射程测定

060　山妻

065　蓝鸲鸟留言

第四辑　选自《新罕布什尔》(1923 年)

火与冰　069

荒弃的墓园　070

雪粉　072

金色从来不常驻　073

出逃者　074

目标是歌唱　076

雪夜林边伫立　078

面向大地　080

冬日夕阳下寻觅一只鸟　083

扶犁人　085

我们歌唱的力量　086

无锁的门　089

有必要洞悉乡下事　091

第五辑　选自《西流水》(1928 年)

春潭　095

蔷薇科　096

忠诚　097

茧　098

099　接受

100　一只小小鸟

101　我窗外的树

103　与此夜相伴随

105　沙丘

107　五十自述

第六辑　选自《山外有山》（1936 年）

111　洪瀑时节

113　荒野

115　将叶比花

117　强者无言

119　望不远，看不深

121　天意

122　沉睡中吟唱的鸟

123　漫天飘雪的背后

124　不无违背

126　备之，备之

128　十磨坊

131　凶讯传送者

第七辑　选自《见证树》（1942 年）

丝绸帐篷 137

投林 138

至多如此 140

鸟的叫声再也不该一成不变 142

云影 143

完全地给予 144

千禧年前夕 145

一首诗 146

一个问题 147

笨人 148

秘密端坐 149

举步若轻 150

第八辑　选自《绒毛绣线菊》（1947 年）

在路中 155

偶像崇拜者 157

崖间洞穴 158

超凡入圣 159

为何要等待科学 160

第九辑　选自《林间空地》(1962年)

163　离去

165　人踪灭

167　结局

168　希望之危

169　反踩踏

171　冬日林中

第 一 辑

选自《少年心愿》(1923 年)

少 年 心 願

进入自我

我的心愿之一旨在那片密林，
老迈，坚定，风儿难以吹进；
其实那幽暗深沉并不是伪装，
它要延伸，直到地老天荒①。

我不能总是受束缚，总有一天，
会悄悄地溜出，进入那苍茫天地；
不断地发现林中空地，我毫无畏惧，
走上漫漫长路，看轮筒缓缓铺遍沙粒。

我看不出我为何不能义无反顾，
而亲朋好友为何不能走我的路
超过我，既然他们会把我思念，
而且总想知道我是否把他们挂牵。

---

① 直到地老天荒：引自莎士比亚诗句。

他们不会发现他们心中的我有多少改变，
只是越来越坚信真理就在我思想的心田。

十一月的客人

我虽忧愁,有她和我在一起,
　那些秋雨连绵的日子
就显示出无比的美景;
她爱那些枯枝,光秃秃的树枝,
　常漫步在湿漉漉的牧场草径。

她的兴致,不容我稍事歇息,
　她谈兴正浓,我不得不听。
鸟儿飞走了她也高兴,
她高兴,她朴素的灰色毛衣
　被雾气染上银白一层。

林木萧疏,一片沉寂,
　大地荒寒,天空阴郁,
她都能从中看出美趣;
她认为我没有美的眼光,

还纠缠于我为何会如此。

并不是昨天我才明白：
　要爱那十一月枯寂的景致
在瑞雪尚未降临的日子里，
可是，又何必给她讲这些，
　有她的赞美，秋色自妩媚。

星　星

众星无数，聚集苍穹，
　　底下是我们喧嚣的雪野，
当冬日的寒风吹起——
　　在高树之上涌流不息！

好似敏感于我们的命运，
　　我们蹒跚着脚步向前，
白色的歇息，一方安息之地，
　　黎明即隐逸不见。

然而，没有爱也没有恨，
　　众星好似雪白的密涅瓦①
那一双雪白的大理石眼睛，
　　只是没有天赋的视力。

---

① 密涅瓦：智慧女神，即希腊神话中的雅典娜，是雅典的守护神。

朔风与窗上花

情人们,且忘了你的爱,
　　请把爱的传言倾听。
她是窗台上的花朵,
　　他是冬天里的朔风。

看那披霜的窗纱
　　到中午时分消融;
那笼中的黄鸟儿
　　歌唱在她的头顶;

他透过窗玻璃想她,
　　他只能这样把她想,
只能从她的窗下走过,
　　到天黑再回到窗上。

他是冬天的朔风,

牵挂的是冰雪，
枯草，失偶的孤鸟，
　　对于爱很少知晓。

他对窗一声叹息，
　　把窗框摇了一摇，
而室内的知情人，
　　过了个失眠的通宵。

也许他半下了决心：
　　要带她一同飞奔，
离开火光映照的镜面，
　　离开温暖的炉火边。

可那花朵却偏向一边，
　　想必是没什么可谈，
待到天明，再看那朔风
　　已飘到百里之远。

致春风

携带着雨来，哦，喧闹的西南风！
带着唱歌的鸟，带着筑巢的蜂，
带给埋在地下的花儿一场梦；
让积雪的河岸溪流淙淙，
让白雪覆盖的大地露出深棕。
可是，不管今夜何为，
请冲刷我的窗，让它流动，
消融它如同冰雪消融，
融化玻璃，只留下窗棂，
一如隐士的十字架现形；
再冲入我小小的斗室，
把墙上的图画左右晃荡，
翻阅那书页哗哗作响，
把诗篇撒遍一地，
把诗人赶到户外去。

春日祈祷

哦,请赐我们以今日鲜花的狂欢,
让我们不必担心得十分遥远,
像那不稳定的收获;此时此刻,
且沉浸在一年中欣欣向荣的春天。

哦,赐我们欢乐于满树白花的果园,
白昼亮丽无比,夜晚精灵满天;
赐我们欢乐于喜庆的蜂群啊,
让蜂群穿飞在美丽的树篱间。

赐我们欢乐于凌空的飞鸟,
在蜜蜂上方鸟鸣也能够听到;
看长喙如流星光针划破夜空,
当空坠落,一瞬间如火树霓虹。

此为大爱,世间唯一的至爱,

人类奉献于天宇中上帝的爱；
万物神圣本要依赖神的意愿，
神的意旨仍需要我们来实现。

折 花

清晨,我离开你,
披着清晨的明晖,
你与我异道而同行,
让我一路伤悲。
你可知道,黄昏时分,
我已是形容憔悴一身灰尘?
你无语,是因为你了解我,
还是明知而偏要无语?

全由我?就不问问
那些凋谢了的灿烂花朵
本可让我离开你
一日如三秋的?
花归你,是尺度,
那自身价值的尺度,要你珍惜,
再度量那一小会儿
我离开那么久远。

玫瑰朱兰

一块丰泽的草地,
　　状如日轮,小如珍珠,
花草欣欣方寸间,
　　长不过周围高树。
外面的风儿吹不进,
　　缤纷的花儿馥郁,
但觉香气弥漫,寂静,
　　俨然一座狂热庙宇。

我们在暑热中俯首
　　给太阳以应得的礼拜,
有娇兰千百枝可采撷,
　　谁也不会不理睬。
虽然兰草并不稠密,但见
　　片片梗叶再发,如矛尖,
顶端绽出粉红色唇瓣,

烘染成红红的氛围一团。

在离开此地之前，
　　我们表达了简单的祈愿：
但愿每逢割草的季节，
　　不要把这地方独挂牵。
倘若不愿施永久的恩惠，
　　也要抱一时的关切：
当花儿草儿长成一片，
　　切勿要随意开镰问斩。

冷 落

他们抛弃我们说我们是自愿奔波,
　而且证明了全是我们两个的错,
我们有时就在路边的角落里坐一坐,
像淘气包,西漂族,一脸的无辜快活,
　努力地寻找不曾被抛弃的感觉。

割　草

林边草地这么静悄悄,只听见一个声儿,
那是我的长柄镰对着地面发出响声儿。
它究竟说些什么?连我也搞不太清楚;
也许在说些这当头的烈日的事情,
要不就是嫌这四周一片鸦雀无声——
可不是这原因让它低语,而不显高声。
它从不梦想,懒懒地晃过几个时辰,
也不指望神仙恩赐些金子当馈赠:
世间的事情过了头其实就要亏欠,
对不住那低洼处的青草一片深情,
还有那娇嫩的花穗(白兰花),
还会惊扰了那一条蛇绿莹莹。
劳作只懂得事实才是最甜美的梦。
我的长柄镰在低语,身后干草已理清。

取　水

门前一口井已经干涸,
　　我们带上水桶、水罐儿
穿过屋后那一片田野,
　　去一处可能有水的河边。

不错,找个理由出去走走,
　　因为秋夜嫩寒,心却爽,
因为那片田野是我们的,
　　河边还有我们的林地。

我们步履轻快,似迎那轮明月,
　　而月出迟迟,躲在树林中,
但见枯枝桠杈,没有了绿叶,
　　不见鸟儿,没有一丝清风。

一进了林子,我们便驻足,

似乎地精不让我们在月下现形；
随时准备跃入下一个藏身处，
　　即刻被月光发现了，爆一阵笑声。

我们相互打手势，且住，
　　先听听动静，再放胆一观：
在"嘘"声中我们重聚一处，
　　听见了，确信听见了流水潺潺。

那一处，似传来了乐曲声，
　　一股清流，有水声叮咚，
时而如平湖，把珍珠倾泻，
　　时而如银涟，剑光明灭。

启 示

我们自己总爱深藏不露
　　在揶揄和嘲讽的言辞背后，
可是，哦，那一个不安分的心灵哟
　　却有待于有人从中发明。

可惜，假如真有这么一种需要，
　　（或者如我们所说）到头来
我们会把话说得过于实在，
　　为的是朋友之间能够明白。

可这么一来，一切都会藏匿，
　　从玩捉迷藏的孩童
到高高在上的上帝——
　　都要说得清他们究竟在哪里。

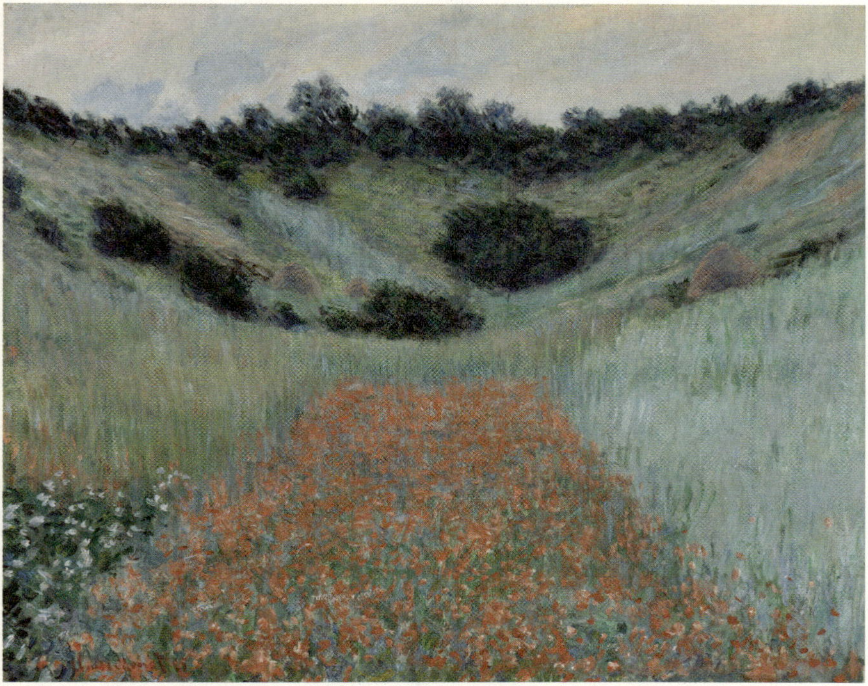

名家诗歌典藏

花　丛

日出以前，有人踩着露水去割草，
我是随后而出，翻晒那些割下的草。

露水已经晾干了，它曾让镰刀更显锋利，
而我看到的是一片平展展的草地。

我先在树丛后面寻找割草人的踪迹，
还想在风中听到他磨镰刀的声息。

可是他已经离去，草已经割毕，
我也会和他一样，一个人，孤寂。

"也只能如此了"，我在心里说，
"无论是一起干活，还是分开干活。"

可是在我说话的当儿，我身旁迅速地

飞过一只蝴蝶,她迷惘,无声无息;

过了一夜的记忆,想必已模糊不清,
而她还在寻找昨日的花朵,昨日里她喜盈盈。

起初我的意念跟着她,绕着圈儿追飞,
看见地上有一枝花,已经枯萎遭遗弃。

然后她远远地飞向我视线能及的地方,
然后再颤动着彩翼,又飞回我的身旁。

有一些没有答案的问题,在我的心里盘算,
而我本应转身去翻草,把那草儿晾干;

而她却先转过身来,牵引着我的视线,
见一丛野花儿挺拔,开放在小河边。

那镰刀像舌头一样,"唰唰"地舔过草地,
可到了长满芦苇的河边,它却能怜香惜玉。

我起身离开原地,去看它是些什么花,

就近一观,却发现原来是蝴蝶花。

那带露割草的人儿,想必是怜香至此,
留下花儿欣欣向荣,却无意给我们呢。

他并非要引起我们对他本人的注意,
倒是出于清晨河畔,那番欣喜的相遇。

不过,那只蝴蝶和我,蝴蝶和我,
却从清晨的信息得到一份收获:

我的周围响起了清晨鸟儿的啭鸣,
又分明听到了,镰刀对大地的心声。

我还感觉到了,圆颅方趾的同胞心情,
从此以后,再不是一个人独自行动;

欣然地与他在一起,我好像有了护佑,
困了,也可以在树荫下共度午休。

仿佛在睡梦中,也有了兄弟般的话语,

一直以来,他的想法,我竟然没有意识。

"人们共同劳作",我在心里对他说,
"无论是一起干活,还是分开干活。"

关上窗户吧

关上窗户吧,让所有原野安静下来:
　要是树木不情愿,让它们无声地摇摆;
也不要有鸟的叫声,要是有的话,
　就让它成为我的缺憾。

要让沼泽地重现,还要很长的时间,
　要等到早鸟鸣叫,还需等许多天:
所以,关上窗户吧,不要听风的呼啸,
　风吹万物动,只需看。

心有不甘

我穿过荒野和莽林
　越过断墙一重重，
我登上山岗放眼望
　环顾周遭世界，转身下来
走上归家的路——
　哦，也罢，此行。

眼见枯萎的落叶铺满地，
　唯有橡树枝头，残叶凋零，
容得它一片片地飘落
　委身泥土，随风儿高低，
掠过被踩踏的僵硬积雪，
　而一切皆已沉寂。

死叶簇簇成堆，静寂，
　不再被吹起，四处乱飞；

那最后的翠菊不见了踪迹，
　　金缕梅也已凋敝；
心儿还在苦苦地追寻，
　　脚步在问："去哪里？"

啊，人心所之，岂非
　　有所不甘，叛逆？
莫若要随波逐流，
　　体面地顺应那理智，
俯首接受哪一种结局：
　　爱，或季节的天数？

第 二 辑

选自《波士顿以北》(1914 年)

波 士 顿 以 北

补　墙

世上有些东西压根就不喜欢墙,
它能把墙根的泥土冻得发胀,
还能把墙头的石头掀翻晒太阳;
裂开的缝隙,容得两个人贴胸擦过。
猎户们的劳作是另一番糟蹋:
我曾经跟在他们身后,随手修补,
他们推出墙壑,从不回头补上,
只顾把兔子赶出藏身之所,
让那狂吠的猎犬痛快欢畅。墙壑,
我是说,谁也看不见,没听过响动,
可是一到春天补墙时,墙就不墙。
于是我便通知山那一边的邻居;
约好一天我们碰碰面,看看地界,
把我们之间的墙给重新补上。
我们隔墙相对前行,一面把墙补,
各自把掉落的石块捡起、垒砌。

有的像大面包，有的近乎圆球。
我们还要加上咒语来制造平衡：
"待在那儿，待到我们转过身！"
摆弄这些石头，把双手磨得粗糙。
哦，不过是另一种户外运动吧，
双方各站一边。没有什么不一样：
我们毕竟不需要中间有堵墙。
他那边全是松树，我这里是苹果园，
我的苹果树不会伸过墙头，
去吃他树下的松果，我给他说。
他只是说："篱笆牢，邻居好。"
春天成了我的一块心病，我纳闷
能不能把一个想法塞到他的脑子里：
"为什么是好邻居呢？难道
不是因为怕牛？可是这里没牛哇。
要修筑一堵墙，我要事先知道
把什么圈进来，把什么隔出去。
我有可能要伤了什么人的感情。
世上有些事儿压根就不喜欢墙，
还想把墙搞垮。"我对他说是"精怪"，
但实际上也不是"精怪"，我宁愿

他把自己说服。我看见他在那里

搬一块大石头,从上端紧紧嵌住,

两手齐使力,俨然是旧石器时代的野蛮人。

在我看来,他的行动全在黑暗中,

不仅仅是在丛林里,在树荫下。

他也不动脑筋想一想父亲的话,

只管把他的想法拿过来,他又说了:

"篱笆牢,邻居好。"

摘完苹果以后

我高高的双脚长梯把一棵树冠透穿
还在直指蓝天，
一只木桶挂在旁边，
还未装满，或许还有两三个苹果
留在枝头，我还未摘下。
这会儿我摘苹果的活儿已经干完。
冬眠的气味欲趁着夜间袭来，
那是苹果的气味：我瞌睡连连。
我揉搓不去眼前那奇异的景象：
今晨我从饮水槽里捞起一块冰，
权作一个玻璃窗框，透过它
照看出一片枯草的世界，
那冰玻璃融化，我松了手，摔碎啦。
可是我——
它还未掉下，我就入睡啦，
我说得出

我将要做什么样的梦。

巨大的苹果浮现,消失,

在梗端,花端,

每一个赤褐色的斑点都清晰可见。

我的脚背仍然感到疼痛,

而且有梯子横梁的压疼感。

我感觉树枝压弯时,梯子在摇晃。

耳畔不断传来地窖那边

轰隆隆的声响,那是

一堆一堆的苹果滚动入仓。

因为摘苹果

让我受够了:我太疲倦了

厌倦了我期望的大丰收。

有成千上万的苹果要接触,

捧在手,轻放手,千万别丢手,

因为所有

碰到地面的苹果,

不管是碰伤,或被残茬戳伤,

肯定会归入榨苹果汁那一堆,

一钱不值啦。

你也许看得出什么

搅扰了我的美梦,不管梦里见什么。
假若土拨鼠还在那里,
他就会给我讲,是不是很像
他长长的冬眠,就像我说的瞌睡袭来,
否则,就是一般人在睡觉而已。

柴 堆

阴沉的一天,我走进冰封的沼泽地,
我停下脚步,说:"就在这儿转身回去吗?
不,再往前走走——我们再看看。"
冻硬的雪地使我步履艰难,不过,
断断续续,似有脚印向前。满眼是
又高又细的树木一行行,一模一样,
无法标记,无法认出此为何地,
更无法肯定地说出我在某地,
或其他什么地方:我已离家很远了。
一只小鸟在我前方飞。他小心翼翼
停留时,在我们之间隔开一棵树,
不声不响,不告诉我他究竟是谁,
让我傻傻地猜想他究竟在想什么,
他在想我跟着他,是想要一根羽毛——
尾巴上一根白色的羽毛;倒像是个
把一切都想据为己有的人的想法。

其实他只要飞离这条路就不会自欺欺人了。

后来,看见前面有一堆木柴,

我便忘了他,让他的那点儿担心

伴着他飞离那条我本该继续走的路,

甚至没有向他道一声"再见"。

他飞临柴堆的后面,做最后的停留。

那是一考得枫木柴,砍妥,劈妥,

堆成一堆——标准的 4×4×8 尺寸①。

我从未见过这样一堆木柴。

当年的积雪上,附近并无环行的迹象,

肯定不是当年新劈出来的柴堆,

不是去年留下的,也不是前年的活计。

木柴已发灰,树皮卷曲剥落,

而且整个柴堆开始下沉。攀援的

铁线莲绕了一圈又一圈,把柴垛捆

不过,支撑它的一端是一棵树,

它仍然在生长,另一端是个树桩,

连同斜撑它的木桩都要垮掉了。我想,

只有不断变换手头工作的人,

才可能忘掉他干的活计,他

---

① 按照英美习惯,一考得即是一个标准堆,即 4×4×8=128 立方英尺。

曾经为之出过力，用斧头砍伐，
如今忘了它，让它远远地离开壁炉，
充其量能温暖一下这冰封的沼泽地，
在无烟火的燃烧中缓慢地朽去。

美好时分

我漫步在冬日的黄昏——
没有一个和我谈心的人;
可是我有茅舍一栋栋,
它们有雪地里亮闪闪的眼睛。

我想我有了屋里的老乡,
我有了一支小提琴在歌唱;
我瞥了一眼窗帘的花边,
看见了年轻的身影年轻的脸。

我在户外有如此伴侣算是有缘,
我一直走到没有了茅舍的边缘。
我转身回返,心生懊悔,回返时
我看不见窗户,只有一团黑暗。

我的双脚踩在雪地上咯吱作响,

是我搅扰了乡村街道的梦乡。

莫非是亵渎了神灵,

因为你离别在冬夜十点钟。

第 三 辑

选自《山间低地》（1916年）

山 间 低 地

未选择的路

金黄色的林中歧出两条路,
可惜我不能够脚踩两条;
孤旅一身,我伫立良久,
极目远望着一条的尽头,
直到它拐入草木的深处。

然后盘算起另一条,一样的坦通,
或许这一条更值得一试,
因为它野草丛生,正待踩行;
不过论及由此取道而往,
两条路说不上有何不一样。

那天早晨,两条路都是落叶铺满,
一样没有留下踩踏的痕迹。
哦,我不妨把一条留给另一天!
既然晓得歧路无数道绵绵,

我疑心是否我还能回返。

此后不知何年何月置身何处,
我也会长叹一声把此事诉说:
林中有两条路歧出,而我——
我竟把人迹罕至的一条选妥,
一念之间已经是岁月蹉跎。

风烛冬夜

屋外的一切从黑暗中注视着他
透过一层薄霜，呈现颗颗星的模样，
凝结在空荡荡的屋子的窗格上。
他手中的灯，倾斜着，举到眼前
而他的眼睛还是看不清屋子的外边。
当年他怎样进了这吱呀发响的屋子，
已难以回想起来，他进入了暮年。
他站着，周围是些木桶—— 茫然。
刚才，他的脚步声惊扰了脚下的地窖，
出来时，又把那地窖吓了一大跳，
——他还把屋外的夜色也吓坏了，
夜色有自己的声音，他熟悉，
树身摇晃，树枝折断，太平常了，
最像是谁把那木箱子在敲响。
一盏灯，他只能照得见他自己。
他坐在那里，琢磨着他知道些什么，

一盏寂静的灯,然后,连灯也不是了。

他寄希望于月亮,她一直那样,

迟迟不升起的月亮,残破的月亮

总比那太阳要好一些吧,毕竟

他屋顶上的积雪,还有他

墙头的冰凌,都要好好地保管;

他睡下了。有根木头,动了一动,

在火塘里,他惊了,也动了一动,

粗重的喘息顺畅了,可是还没醒。

老人—— 一个人—— 难维持一个家,

一片农场,一处乡村,即便他可以,

也是风烛残年,在漫漫冬夜里。

电 话

"当我刚刚能走开再回来

从这儿……今儿个

有一小会儿

静静的时刻

我的头刚凑近一朵花儿

我就听见你说。

别说我没听见,我真的听见你——

你从窗台上的花儿那儿——

还记得你是怎么说来着?"

"你先说说,你想你听见什么来着。"

"我看见那花儿,还挥走一只蜜蜂,

我就凑过去,

手扶着花梗,

我听了,我还想我听了那话——

什么来着？是你叫我的名儿？

要不就是你说——

反正有人说'来呀'——我一低头时听的。"

"我可能想过的，可没说出声。"

"哦，这么说，我来了。"

雨蛙溪

六月,小溪干涸,不再喧闹奔腾。
此后若要寻找它,你将会发现:
要么它会转入地下摸索向前,
(溪水携带着各种雨蛙一路前行,
雨蛙在一个月以前发出聒噪声,
如同苍茫雪地上响彻的雪橇铃)——
要么会渗出地表滋润着凤仙花儿,
那娇嫩的叶子被风儿一吹即倒,
甚至迎着水流曾经的方向弯下腰。
如今的河床就像那废纸一张,
残叶受热就黏糊成一片 ——
一条小溪谁也不会记得久长。
它曾经流水的模样,绝不会
像歌中唱的别处的溪水那样。
我们之爱一物,自爱其模样。

欧文鸟

人人都听过他的歌声,
歌声响彻在仲夏的林中,
令那实实的树桩也发出回声。
他唱道,叶子已老不再新,花儿嘛,
一分在仲夏,十分在阳春。
他唱道,往日落花成过去,
晴天里忽然一阵风雨起,
桃花儿梨花儿纷纷凋离;
再有一阵花儿飘落已秋色。
他唱道,公路旁万物掩飞尘。
假若这鸟儿唱时晓得不当唱,
他也会停息,和别的鸟儿一个样。
千啭百鸣非人语,问题是:
时令萧瑟,贵能兴衰随意。

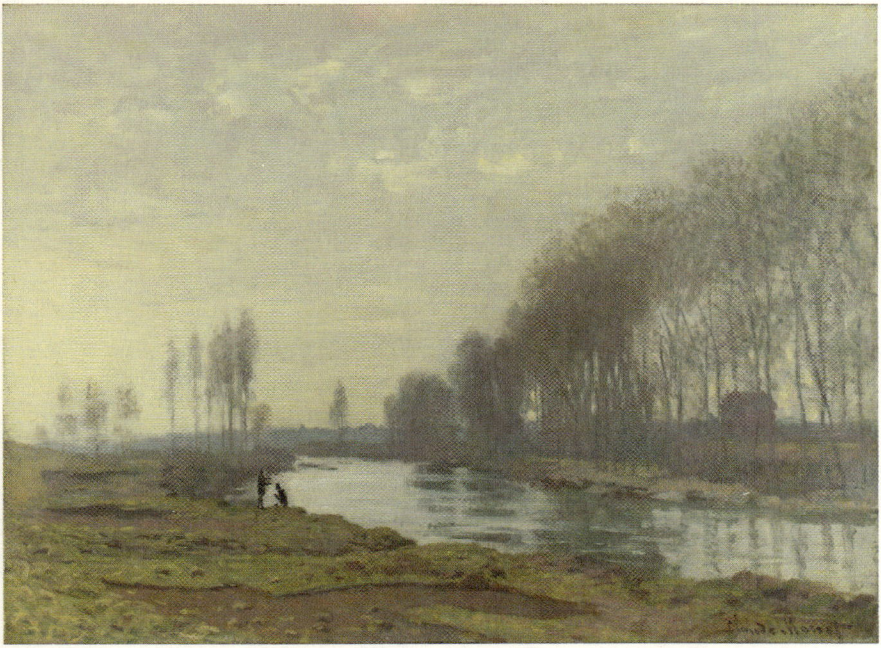

名家诗歌典藏

约束与自由

爱有大地承载情依依,
有群山环抱如手臂,
有重重城墙阻隔恐惧。
上述种种,皆非思想所需
因为他有一双无畏的羽翼。

我看到,爱处处留下踪迹:
在白雪、黄沙,在绿草地,
少不了世界拥抱她太亲密。
爱既如此,爱喜如此。
而思想需要振臂展翅。

思想划破星座之间的幽影,
围绕天狼星巡行在夜空,
直到黎明才起航返程;
一身羽毛发出烤焦的气味,

他要经过太阳，回归大地。

天堂之所得乃思想之本真。
可有人说，爱既甘心为奴，
当停留原处，坐享一切约束；
爱自有多重的美，而思想
须远行另一星球去追求。

白桦树

每当我看见白桦树或左或右弯下
弯过直立的黝黑的树木的轮廓线,
我就想,一定有个男孩儿在荡树。
不过,荡树并不能像冰雪压枝那样
把树枝一直压弯不让它起来。你想必
见过冬日早晨,雨后日出时分,
树枝被冰雪压得弯下腰来。风乍起,
树木就会发出"嘎吱嘎吱"的响声,
冰雪崩裂,犹如珐琅器皿色彩斑斓。
不久,阳光温热脱掉晶莹的冰雪硬壳,
枝干摇晃,将其雪崩一般崩碎在雪地上——
把一堆堆碎玻璃一样的冰雪清扫干净,
你大概以为那是穹顶玉宇崩溃在头顶。
重压下的白桦树会弯身向枯萎的蕨类,
一时不至于折断;但如此长时间弯腰,
却再也不能伸直了:你可能见到树身

成年累月地弯曲在林中,枝叶纷披
在地面,宛如姑娘们手膝着地,
在阳光下晾晒她们披散的长发一般。
不过,我要说,既然真相大白,
都是那冰暴惹的祸,我倒愿意
真有某个男孩把树身压弯,
趁着出来进去牵牛的时间——
孩子若离城太远,不能学打棒球,
他唯一的娱乐就是无论冬夏,
设法自娱自乐,独自一人玩儿。
一棵接一棵,他骑上父辈的树干,
一遍又一遍,他把树身压弯,
直到其硬性尽去,变得柔韧无比,
没有一棵他不能弯曲,没有
一棵他不能制服。他学会了
该学的一切,不要急于
把树枝过早地压弯,不要
直接把树枝压低到地面。
他总会保持姿势,面向最高枝,
小心地攀爬,就像你斟酒盈杯,
甚至要高出杯沿。然后,但见

他"嗖"的一声，奋起一跃，
当空双脚乱蹬，再稳稳地着地。
我自己曾经是一个荡树高手，
所以我做梦也想重新大显身手。
每当我厌倦了太多的思考，
生活太像无路可走的林间，
就像一只蛛网罩上你的脸，
你满面发热，刺痛难忍，
一根树枝扫过你圆睁的眼，
令它酸疼流泪。此时此刻，
我总想离开这大地一会儿，
然后再回来，重新开始。
但愿命运不要故意误解我的意思，
只满足我一半的愿望：让我离开，
再也不返回来。大地恰是爱之乡：
我不知还有何处比此地更好。
我宁愿爬上树顶领略一番，
爬上雪白的树桩直上黑色的枝干，
朝向天堂，直到树枝不堪重负，
一头着地，让我重归大地。
如此一往一返，正是求之不得。
人生之所为，莫过于荡树者。

摘苹果时节的母牛

近日那头仅有的母牛好像着了魔,
目中全无一堵墙,像面临敞开的大门一样,
还以为那筑墙的人净是些傻笨人样。
她满脸沾满了苹果渣,嘴角上
流淌着苹果汁。苹果的滋味一旦品尝,
就再也不屑于去啃那干枯到根部的牧草。
她从一棵树跑到另一棵树,侥幸获得些
被风吹落被枝条戳穿被虫儿咬烂的苹果。
她离开时任那些被啃的苹果烂掉。
她站在一个土丘上冲天大叫。
她的奶水枯竭,乳房在缩小。

射程测定

战斗撕裂了一张晶亮的蜘蛛网,
但未来得及弄污一个人的胸膛,
便拉断了地上鸟巢旁的一株花。
受伤的花株拦腰折弯向地面耷拉。
鸟儿还是重新回到幼仔的身旁。
一只蝴蝶,在花落时,错过了
凌空找到能歇脚的那朵花儿,
此时轻轻下落,扇着翅膀,附着。
昨夜间,在那片赤裸的高地牧场,
野毛蕊花悄悄地接近那盘蛛网,
向前是银色清露湿了拉紧的电缆。
一颗突然飞过的子弹将它抖干。
网中央的蜘蛛,冲出去会那苍蝇,
但未击中,便怏怏地回还。

山 妻

孤 独
（她的话）

一个人不必过分在乎
　就像你和我，在乎
当鸟儿绕着那间老屋飞
　好像是来告别似的；

也不必在乎它们何时飞回
　为了什么而歌唱；
其真相是，我们过分高兴
　为了某一件事情

又过分悲伤，为另一件——
　鸟儿，胸中总有它们的事情，

它们的相互关系,以及各自
　　何时筑巢,或被驱逐出去。

屋　怕

总是的——我给你讲他们学会的——
总是在黑夜,当他们从远处
返回到那间孤零零的空屋,
灯儿没点亮,炉火已熄灭,
他们知道把锁和钥匙弄得叮当响,
作为警告,再给里面一个机会,
可以让任何东西设法逃掉:
宁愿在户外,不愿摸黑在屋里,
他们晓得让屋门大开着,
直到屋里的灯亮起。

笑
(她的话)

我不喜欢他临走时那一副嘴脸。
那笑!绝不是出于内心喜欢。

他笑——你看见了吗——我敢担保!

可能因为我们只给了他一点儿面包

那家伙就知道我们不是殷实人家。

可能因为他想让我们给他的

就像他心中所想,要抢我们一样。

可能他对我们结婚不屑一顾

或者嫉妒我们年轻(他可希望,

眼看着我们老迈和死亡)。

我不知道他走出去有多远。

说不定他正从林子里朝外窥探。

重复的噩梦

她从来未说出口:

  那棵黝黑黝黑的怪松

在他俩入睡的屋子外

  总把窗上的插锁拨弄。

好像是不懈的手指

  每次拨弄都徒劳无益;

那大树就像是一只鸟

在玻璃上诡异神秘。

黑松从未进入屋内；
　　两人中也只有一人
恐惧在重复的噩梦中，
　　恐惧松树可能的行径。

冲　动

那地方对于她太过寂寞，
　　也太过旷远，
还因为只有他们俩，
　　没有个儿男。

家里的事务不算多，
　　她总能得空闲，
跟着看他出去犁地，
　　把树木砍翻。

她歇息在木桩上，
　　把木屑随手抛撒，

轻声地唱一支歌,
　　只是为了她。

一次,她去掰一些
　　黑桤的枝条,
走得太远,她几乎听不到
　　他的呼叫。

没有回答,没有说话,
　　也没有转回,
她只站了一站,就跑进了
　　蕨丛中藏起身。

他没有找到她,尽管
　　找遍了海角天涯,
最后找到了她母亲的家,
　　问她是否回了娘家。

突然,迅疾,纽带就此中断,
　　轻而易举,
他终于得到了结局
　　在那块坟地。

蓝鸲鸟留言

——给孩童

我刚要出门,一只乌鸦
压低了嗓门:"哦哇,
我在四处把你找,
你可好?
我来告诉你,
请转告莱斯莉(你可愿意?)
她的小蓝鸲鸟儿
要我带话给她:
昨夜那场北风
刮得星星亮晶晶,
刮得水槽结了冰,
刮得他直咳嗽,差点儿
咳掉他尾巴上的羽毛。
他只得飞走!
但要告别一声,

道一声珍重,哦!
去雪地上追踪臭鼬,
要戴好红色的小兜帽,
还要把斧头拿好——
无论做什么事情!
也许,春天来了,
他会回来,唱歌给她听。"

第四辑

选自《新罕布什尔》(1923年)

新罕布什尔

火与冰

有人说这世界将毁于火,
有人说将毁于冰。
就我对于欲望的体味,
我倾向于赞成毁于火的人。
但若不得已要毁灭两次,
我想我也是深知怨恨:
不妨说,就毁灭而论,
冰,也同样地厉害,
而且足矣。

荒弃的墓园

荒草萋萋，有生者来墓园，
读过了山坡上的石碑铭文；
生者来墓园络绎不断，
而死者一个都不见。

那铭文倒是千篇一律：
"生者今日来此地，
读罢铭文转身去，
明日死者来定居。"

关于死，碑文深信不疑，
可禁不住暗自常留意：
为何不见一个死者再来，
人类究竟缘何生畏惧？

其实做个贤者并不难，

且告诉众石碑:"人不愿死,
从此后永不再赴死。"
我想,它会相信这谎言。

雪　粉

铁杉枝头
一只寒鸦
颤颤悠悠
落我一身雪花。

此情此心
为之一变；
终日悲吟
顿失其苦一半。

金色从来不常驻

自然的第一缕绿色是金,
这色彩她却最难保存。
她的嫩叶是花儿一朵,
可惜一个钟点就晃过。
接着叶儿又生出新叶,
于是伊甸园陷入悲切。
于是黎明转为白昼,
金色从来不常驻。

出逃者

一年的头一场雪开始降下的时候,
我们停步在山间牧场,说:"谁家愣小子?"
一匹摩根小马,一只前蹄攀上墙头,
另一只收缩在胸口。他头一低,
冲我们打了个响鼻。一会儿,只好逃走。
他逃走的地方,我们听到了隐隐的雷声,
还看见他,或者说我们认为看见他模糊成一团灰,
像一道黑影子,闪过白雪纷纷的幕布背景。
"我想,这小家伙是怕雪。
他没经过冬,冬天不会
和这小家伙闹着玩儿吧。他逃走了。
我疑心他的母亲是否给他说:'哟,
只是天气变了。'他还以为她自己也不懂呢!
他母亲在哪里呢?他总不该独自一个出来吧。"
随着一阵儿叩石子的声响,这会儿,他又出来了,
又攀立在墙头,两只小眼睛都是白的,

整个尾巴上的毛都不能直立起来。

他抖抖鬃毛,好像要甩掉身上的苍蝇似的。

"无论是谁,让他留在外边这么晚,

而其他的生灵都回去入了栏,

就应该给她说:'带他回栏里去'。"

目标是歌唱

那时人还没前来当吹的榜样,
　　风儿不教自会只顾自个吹,
只管是日日夜夜吹得最响亮
　　卷过荒野大漠狠劲地狂吹。

人前来告诉它什么是走样:
　　说它从未找到合适的部位;
吹得太响——可目标是歌唱。
　　听着——应当这样吹才对!

他含一丁点气流在嘴边,
　　憋了有好一会儿朝向北方,
为的是要实现向南的转变,
　　然后极有分寸地吹向前方。

极有分寸。俨然是歌词加曲调,

俨然是顾名思义的风之风采——
一丁点儿气流吹过双唇和喉咙。
目标是歌唱——风儿看得出来。

雪夜林边伫立

这林地的主人我想是相识,
虽然主人的房舍就在村里;
他何曾知晓我驻足在此,
观赏他挂满白雪的林地。

我的小马惊异之情想必难免:
何以歇脚在远离农舍的林边,
歇息在林木与冰湖之间,
歇息在一年内最黑的夜晚?

它把身上的铃儿抖了一抖,
询问着是不是出了错儿。
铃声响处一片寂静,
唯有凉风吹拂,茸雪飘落。

这林木可爱,幽黑而又深沉,

然而我还有承诺需要守信:

还需行数里路才可安歇,

还需行数里路才可安歇。

面向大地

唇间的爱,甜蜜
曾是我可以忍受的接触;
一旦太过,似乎受不了,
我就抬头呼吸

那带给我馥郁的气息,
那流溢——莫非是麝香味儿
来自暮色中,沿山坡而下
隐约可见的葡萄藤?

忍冬花藤上的小枝
令我眩晕,着迷,
当我攀折那花枝儿
清露滴上我手腕儿。

我曾渴望浓郁的芬芳,

年少轻狂,一切皆芬芳;
玫瑰的花瓣儿
沁人的心肠。

而今的欢乐,
无不混着痛苦,
厌倦,悔过;
于是,我渴求

泪痕,那爱之过度
印记,苦树皮
还有丁香花焚烧时
放出的香气。

浅草,沙丘
我将手臂往回抽——
僵直,酸痛,伤痕累累,
僵卧地支撑够久,

伤害,尚未到极致:
我渴望重量和力感——

感受这不平的厚土
以全身心的持久。

冬日夕阳下寻觅一只鸟

西天一抹金色正在消失，
寒气凛冽得令人窒息，
我回家，穿过白皑皑一片雪野，
我想是看到了一只鸟儿停歇。

夏日里我曾经路过此地，
也曾经停下脚步仰面寻觅；
天赐我一只飞鸟宛如天使，
千鸣百啭迅疾而甜蜜。

此刻再没有鸟儿的歌声，
只有枯枝上叶儿孤零零，
我绕树三匝反复寻觅：
那是我唯一所见的景致。

我置身山顶，视野纵横，

我想见这寒澈的晶莹，
无异于雪上再加一层霜，
或者是金上镀金不显亮。

巨笔一挥留下逶迤一闪，
既像是云雾，又像是青烟，
从北向南横跨整个天穹：
那是一颗小星刺穿了夜空。

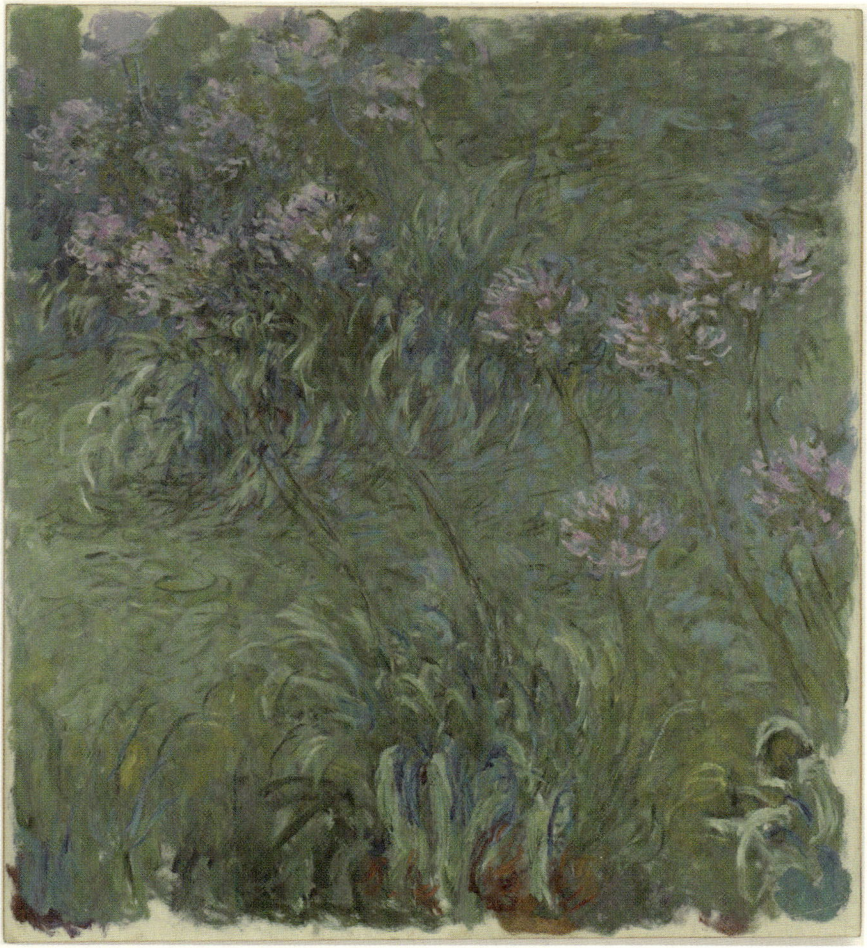

名家诗歌典藏

扶犁人

他们说,一张犁,用来犁雪地。
不可能指把犁插在地里,不——
除非历经辛苦,话中带刺儿,说
种出个大石头来。

我们歌唱的力量

干燥温暖的大地上,春季一场降雪,
雪花竟然找不到一处地方可以停歇。
大堆的雪团可以保持水分和低温,
但是仍然找不到一处地方可以容身。
黝黑的大地难以让雪花留下白色印象,
转瞬即逝,好像大地把它染成黑色模样。
趁夜间,分散的雪片得以摇身一变,
形成了斑驳的雪迹,一片片,一卷卷;
青草和果园终于承认已见到了雪域,
天地万物复归冬季,除了一条路迹。
翌日清晨,但见冰海雪原,萧瑟一片,
蔓草倒伏,恰如一只巨靴踩过一般。
树木的枝叶压弯,好像要生根入地,
又仿佛受命于天,提前结出了果实,
每一枝绽开的花蕾托着一个雪球。
唯一保持自身的是那条泥泞的路。

那热量来自何方,是一个秘密:
地心的热力,抑或是脚底的热气。

春日里,歌手云集,为我们歌唱,
不限东西,也不属于一个地方。
歌鸫、乌莺、蓝鸟、朱雀、黄鹂,
有些要继续北上,前往哈德森湾,
有些从遥远的北方飞来,欲转身回返,
安家筑巢的,毕竟不足一半。
这场迟来的大雪它们总不怎么欢迎,
茫茫大地也找不到一处可以扎营。
长途迁徙,它们早已是精疲力竭,
一旦尝试降落在树巅,雪弹滑跌,
这群远方的旅客就要饱受煎熬。
它们找不到立足之地,只有泥路一条。
只好勉强凑合,百千只鸟挤在一起,
恶劣的天气倒是让它们亲如兄弟。
那条路也成了一道绵长的福地,
吉光片羽宛如岩石上水光泛起。
我把它们从脚底驱赶,一点一点,
它们却坚守阵地,还要和我争辩,

说它们本来就是要歌唱，所以
不愿振翼齐飞，真是老大的不愿意。
有几只鸟儿被我赶得近乎入绝境，
便快速地闪向一旁，起身腾空，
飞往大大小小、晶莹的琼枝间，
它们只转了一个圈儿，又回到我面前；
看那树枝交错，如镂空的穹庐宫殿，
一不小心，整个世界坍塌就在一瞬间，
——它们倒是宁愿再次惊恐地被驱赶。
一生遇到这样一次风雪也不足以成教训：
等雪天过了再启程也不至于这样白受罪，
甚至不肯躲到我身后，少惹些麻烦。

好吧，且看一场风雪也是一个启示：
显示了乡间那歌唱的力量会积聚如斯，
虽然是天不作美，难免受挫，受压抑，
却丝毫不妨碍它们准备好去获得自由，
然后把那满山遍野的野花唱个够。

无锁的门

那是多年以前,
终于有人在敲门,
可我一直认为,那门
是没有上锁的门。

我吹熄了灯,
踮着脚走过地板,
双手举过头顶,
我对着门祈愿。

那敲门声又响起,
我的窗户大开;
我爬上了窗台
跳到了户外。

回身越过窗台,

我说:"请进,请!"
无论是什么在敲门,
反正是门有动静。

这一记敲门声
让我逃空了牢笼,
天地为庐藏我身,
随时序而俱进。

有必要洞悉乡下事

仓房去了,为午夜的天空
去追寻那消失的一缕阳光。
此刻,唯余烟囱独自挺立,
又如同花蕊,四周花瓣已落光。

原来仓房的对面是一条马路,
假若风儿对它毫不留情,
它本当在烈火中与仓房同命,
留下它只为了顶这地儿的名。

它再也不会向四面敞开,
接纳人们沿着石子路走过来,
让踢踢踏踏的脚步踩响地板,
让夏天的草垛把草堆塞满。

飞鸟凌空一道飞过来,

从破碎的窗洞里飞进飞出，
鸟鸣声声恰如人的叹息声，
仿佛还怀恋那巢居的事情。

不过，丁香花儿会发出新叶，
火舌舔过的老榆树照样抽枝；
干涸的唧筒笨拙地举起臂膀，
栅栏的桩子上挂着一盘丝网。

然而，这一切不应悲戚戚。
虽然一度为那巢穴也皆大欣喜，
毕竟有必要洞悉乡下事，
而不要相信月神鸟①会哭泣。

---

① 月神鸟：一种小型鸟，因其鸣叫声而得名——菲比鸟，但其英文拼法受到 Phoebe（希腊神话中的月神）的影响，所以，这里译为"月神鸟"，兼顾"月神"和"鸟"两义，暗示了神明若有情天亦老的主题。

第 五 辑

选自《西流水》(1928 年)

西 流 水

春　潭

池潭，隐在林中，依然映泻
整个天空，几乎没有一点残缺，
一如池边的花朵，清爽，震颤，
也如池边的花朵很快会凋谢，
不是流入小溪或小河再流出而干涸，
而是顺根须而上，催生出深色的枝叶。

树木带着水分生出待放的蓓蕾，
使自然之色苍翠，呈现夏日的丛林——
莫如让它三思，然后再用劲
吸收，耗尽，扫干
这秀水鲜花，鲜花秀水，
那冰消雪融化春水近在昨天。

蔷薇科

蔷薇就是蔷薇,
它始终是蔷薇。
可当今的理论说,
苹果是蔷薇,
梨是蔷薇,我推想,
梅子也是蔷薇了。
只有天晓得
还有什么不是蔷薇呢?
你(玫瑰),当然是蔷薇了,
可你,始终就是蔷薇啊。

忠　诚

人心可以想象的忠诚
莫过于海岸之于海洋——
据一点而严守整个曲线,
把无休止的重复掂量。

茧

放眼望去，这秋日傍晚的雾霾
在林夕的空气里以两种方式扩散：
它使得新月看上去没有那么新，
还在榆树丛中泻下一团靛蓝；
这些都是从一座破屋子冒出的，
也只有那一管烟囱里才冒得出烟。
如此隐秘，灯不会点燃得更早一点，
生活如此封闭，从外部一点也看不见，
几个小时了，也不见一个人儿出来，
也不见有人影把临黑的农活儿打点。
大概屋里全是些天性孤独的娘儿们，
我可要告诉她们，就凭这点儿烟，
她们小心翼翼地编织自个儿的茧，
还把它维系在大块和月亮之间；
没有天外的朔风能指望把它吹散，
编织自个儿的茧，她们可是心照不宣。

接 受

当困倦的太阳把余晖投向晚霞
徐徐沉落，燃烧着，海湾一片辉煌，
大自然寂静，听不见一点儿声响
报道有什么发生。至少，鸟儿们该知道，
这是天空趋向黑暗的变化。一只鸟
胸中在喃喃地说着无言的什么，
已经把一只无神的眼睛闭上；
或者呢，远远地飞过了自家的巢，
匆匆地飞临小树林，这漂泊者，
及时地降落在记忆中的那棵树梢。
他至多想想，叽叽地说："安全啦！
现在，让夜全黑下来吧，对于我，
让我感觉到黑夜漆黑一团，
让我看不透未来。让该来的，来吧！"

一只小小鸟

我一直想那鸟儿应当飞走,
不要在我的屋旁整天唱不休。

莫非是我有点儿不能再忍受,
我从门口对着它直拍手。

错误想必有一半得在我的身上找,
不该为了那曲调就怪罪鸟。

当然这中间总是有点儿不对头,
禁止歌唱的念头本就不该有。

我窗外的树

我的窗外有树,窗外树,
夜幕降临时分我关上窗扇;
千万别把窗帘拉个严实,
别把你和我隔断。

地平线上升起梦幻的树冠,
顷刻间弥漫成云霞一朵,
你瑟瑟的枝叶如利舌叙谈,
却不是神秘莫测。

树啊,我看见你摇曳的模样,
你若是也见到我进入梦乡,
便知我辗转反侧风云激荡,
却不是一团迷茫。

那一天,命运把我俩的头脑比肩,

命运之神也在尽情地想象：
你的头脑关注外面的气象，
我的头脑关注心田。

与此夜相伴随

我独,我独与此夜相伴随。
我雨中步出——雨中回返。
我一直走出城市边缘的星辉。

我望进那阴森森的胡同。
我走过守夜人的身旁,
我低头向地,不愿解释一声。

我伫立不动,把脚步声止息,
此时,远处飘来一声时断时续的呼唤,
唤声越过无数屋顶,来自另一街市。

但不是唤我回家,也不是告辞之音;
更远处,在超乎尘世的高处,
当空有如钟的明月一轮

言说：时光本无是也无非。

我独与此夜相伴随。

沙 丘

大海荡漾,碧波连天,
而在海浪减退的边缘,
有一个更加辽阔的区域,
那便是干燥的褐色的沙田。

那便是沧海变成的桑田,
继续向前推涌出了渔村;
她欲让坚实的沙丘掩埋
那些不死于海洋的人们。

大海熟悉海湾和海岬,
但她不了解人类——
假若能通过有形的变化,
她愿把人的头脑砍下。

人可以把船只让她沉下,

也可以让茅屋埋入黄沙；
但人有着更自由的头脑，
能将那些空壳一再抛掉。

五十自述

我年轻时,老师们都年长。
我消了火气,聚了冷静,长了肚皮。
受尽了煎熬,像是铁水浇铸成器。
取法长辈,师法过去,我把学上。

如今老了,老师却很年轻。
不成规矩,便声嘶力竭,狂喜无比。
苦苦地支撑,要学会弥补缝隙。
面向未来,面对青年,我把学上。

第 六 辑

选自《山外有山》（1936 年）

山 外 有 山

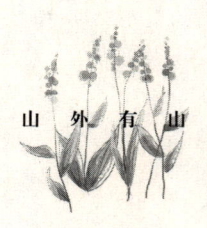

洪瀑时节

且让那洪瀑奔腾而来！
它对我最大的伤害，莫过于
搬走我田园里一些土壤，
再靠近一点大海的方向。

这地老天荒的大洪瀑，
前来光顾一个山间农场；
欲强取眼下一份利益，
对未来造成些许损伤。

而那损伤也是祸福相倚：
当一切肥沃的贫瘠的土地
到头来被冲刷成不毛之地，
我的田园也会流失成沟渠。

此刻就有某种力量崛起，

将山脉夷为平地汪洋，
海底将会上升为戈壁，
大地倾侧，会扭转方向。

而此时我只能逃奔他乡，
仓皇逃向山坡的另一方，
立足于新天地，面向太阳，
一切从头开始新的希望。

我自己有些旧时农具，
将会被铁犁翻出地面，
木器虽然变为化石，
如今还是照样好使。

但愿我的诉求，莫过于
漫无休止的老套陈辞：
对于人类的状况，不再厌倦，
不会愤慨，也无须悲戚。

荒　野

大雪降临，夜幕降临，好迅疾！
我眼前的原野迅速地过去，
大地被大雪覆盖，一片莽原，
只有几棵小草和麦茬露出头来。

四周林木是大地的主人——主人。
飞禽走兽都蜗居在巢穴里。
我愚昧透顶，不值一提；
孤寂包围着我无觉无知。

孤寂哟，无边的孤寂，
还要更加孤寂，才得宽慰——
苍茫的雪原一片空寂，
让人无语，也无所慰藉。

天上的空寂并不可畏——

在群星之间——无人居住的天体。

可畏的是我自己独有的空寂，

在我的内心，越靠近我的家室。

将叶比花

一树的绿叶会永远悦目，
一如树的皮，树的木；
除非你能培养树的根系，
否则难保它开花结果实。

而我可能有点不在乎，
开花呀结果呀都不在乎。
树叶柔滑，树皮粗糙，
有叶有皮于树木就已足。

有些参天大树开花极小，
还不如一直不开花的好。
人生稍晚我开始喜欢蕨类，
现在呢，苔藓也轮到了机会。

我曾叫人简短地回答我：

哪个更好,叶还是花?
"晚间看叶,白昼观花",
可他们缺乏智慧便这样说。

树叶啊树皮,树皮啊树叶,
黑暗中相互依偎,相互倾听。
过去我曾经一度追逐过花朵,
如今,心情忧郁与绿叶更相合。

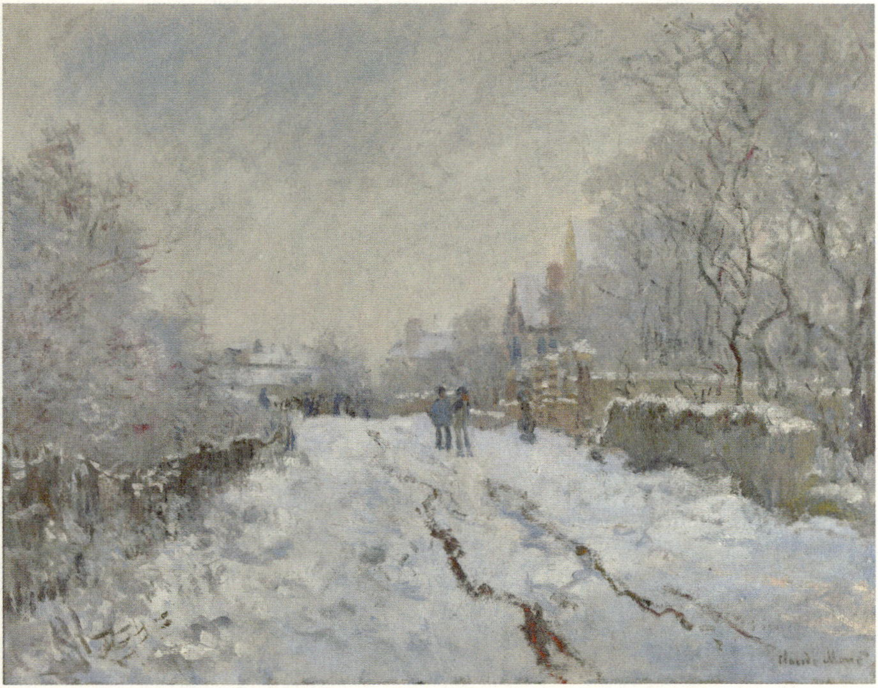

名家诗歌典藏

强者无言

眼下这块田地就要耕耘、灌溉，
除草的事儿不必考虑远在未来。
先用锄头剖开一块平坦地，
为精心挑选的种子预留出来。

通常一块农田只有一人在劳作，
一人一块田，田田相隔很远；
一个人在田间边走边撒种，
另一个颠簸在车后，步履蹒跚。

在一块新近开垦的黑土上，
一株梨树枝头白花初绽放；
可人们疑心，气候是否未转暖，
总会有蜜蜂飞来把她的美欣赏。

风儿吹来一阵阵，掠过田边，

可是并没有为希望而呼喊。
庄严的气象背后难免有欠缺,
而强者无言,直等到亲眼所见。

望不远，看不深

人们沿着沙滩，
扭头朝同一方向。
背对着陆地那边，
整天把海瞭望。

有船只从天际驶来，
船体渐次浮出水面；
湿漉漉的海滩犹如明镜，
映出海鸥一只呆站。

陆地宁或再度变迁；
但无论真理在哪里——
海水终要冲抵海岸，
人们终要观望海域。

望也望不遥远，

看也看不深切。
可何曾有障碍出现,
竟把人们的视线掩遮?

天　意

我发现一只斑纹蜘蛛，肥胖而白嫩，
在白色的万灵草上，捕到一只飞蛾
像抓住一件僵硬的白缎子衣物——
把死亡和枯萎的特征糅合在一起，
糅合在一起，正好用来迎接清晨，
一如女巫的清汤把百味调和①——
雪花般的蜘蛛，泡沫般的花朵，
拖着死亡之翼一如纸糊的风筝。

那花朵是白色又有什么相干，
还有那路边碧蓝而纯洁的百灵草？
是什么让蜘蛛爬上高端，
在那里把飞蛾捉弄在夜间？
有什么使人惊骇可比这阴暗的天意——
倘若天意连这样一桩小事也能控制。

---

① 借用莎士比亚《麦克白》第四幕第一场中女巫用各种毒虫调剂成汤，引诱麦克白上当的典故。

沉睡中吟唱的鸟

圆月当空,中有一只鸟似睡似醒,
无休无止地吟唱它内心的小曲。
部分地因为它一整夜就唱一次,
置身于无稽的空中灌木丛;
部分地因为它是一个腹语者,
有断语休念的灵感功能。
几乎在你敌意刺耳的感觉之前,
那吟唱早已是若隐若现。
那歌声至今仍没有传到人间,
穿过空中无数半开的小孔,
穿过重复再生的长长的珠链,
长成一只鸟,而我们是地上人。
倘若沉睡中梦境中能如此唱出声,
又怎能轻而易举地为我们所闻听?

漫天飘雪的背后

在漫天浓密的飞雪里,
我看见雪空中有我的身影,
我转头举目仰望高天;
我们一直都仰望高天,
来询问下界的事端。

如果我分有高天的阴暗,
如果那原因在我的身体里,
我的身影就会显出形迹,
浮现在暴风雪无形的影里,
我该是多么的阴暗啊!

我转身举目仰望天空,
整个天空已转为晴蓝;
漫天飘雪一时停息,
天空如薄纱粘满了霜霁,
阳光正穿过悠悠空碧。

不无违背

假如我行我素,有人不会不开颜,
其他人也不怎么想惩罚太严,
因为一件事虽非为明文所禁止,
也非明确地置于许可与违规之间。

惩之过严么,诚然有失公允,
因为又一次,只可获弱式证明:
城市对于市民的约束毕竟有限,
大不过其围墙高过家家的屋顶。

诸君可能取笑我何不离开地面?
是你们陷我于此,既宽松,又牵缠。
理解的方式,莫如会心一笑,
我也不愿被认作是有意违反。

当然,谁都有权判处我死刑——

但愿他把此事留待自然去执行。

我将留下遗嘱：让公众且分享我的气息，

权作遗产税，以表我有礼有节悔罪此生。

备之,备之

那弯腰弓背的丑老太婆,
提水桶抹洗楼梯的老巫婆,
正是当年美女阿比莎格①,

好莱坞挂头牌的大明星。
太多人,陷入悲凉的晚景,
难保你不信如此人生。

英年早逝可免晚来悲惨。
但若命运让你活得稍晚,
可要下决心死得有尊严。

不如掌控所有的证券交易所!
必要时,也可以登上君王宝座,

---

① 阿比莎格:《圣经》所载服侍大卫王的美女。这里借用来指代好莱坞的女明星。

就不会有人叫你丑老太婆。

有些人依靠人生阅历,
有些人单凭善良朴实,
这些人的经验你也可吸取。

沉湎于红极一时的回忆
无助于晚年遭人冷遇,
无益于避免临终的孤寂。

最好是体面地谢世,
纵然陪伴左右,是买来的友谊,
聊胜于无。备之啊,备之!

十磨坊①

预　防

我年轻时未敢激进，
唯恐老来变得保守。

黄　蜂

那光亮的金属丝艺术地弯曲，
他高高在上，肆无忌惮地挺直身躯。
他傲慢地翘起那双灵巧的翅膀，
还气势汹汹地把蜇刺摇晃。
可怜的自大狂，原本竟无知：
芸芸众生你不过一分子。

---

① 本首组诗原诗共十首，此处共选取其中四首。

不完全在场

我转身对上帝讲
人世间如何绝望；
可我发现糟透了，
原来上帝不在场。

上帝转身对我讲
(请诸位莫要发笑)；
上帝发现我不在场——
至少不完全在场。

富豪赌场

时间已是深夜，我还在输钱，
可我气定神闲，毫无怨言。

只要上帝佑我有《独立宣言》，
我手中就拥有抓牌的平等权。

谁人操纵这赌场我才不在乎，
且让我看看下一手牌如何出。

凶讯传送者

有人送凶讯，
驿途已及半，
忽然意识到：
此讯惹危险。

置身在歧路：
一条通宫殿，
一条入深山，
陌陌荒野间。

取道入深山，
克什米尔涧，
穿越石楠丛，
抵帕米尔原。

危崖深谷里

忽遇同龄女，
引至自家屋，
不复流浪苦。

部落有传言：
很久很久前，
中国公主结
波斯王子缘。

喜途感身孕，
卫队遂停发；
降子有天神，
谁也不怪她。

停驻出谨慎：
不行也不返。
扎根雅克郡，
一村乃始建。

贵为公主嗣，
王室有遗嗣；

身为天神子,
号令行四夷。

喜马拉雅山,
从此有人烟。
当年传讯者,
此地把身安。

既入一族群,
必能结同心:
当止自当止,
此为终始因。

凶讯竟如何?
悬命伯沙撒。
相告何太急?
不日已自知。

第七辑

选自《见证树》（1942 年）

见证树

丝绸帐篷

她是田野里一顶丝质的帐篷，
中午时分，阳光下夏日的阵风
吹干了露珠，一根根纤绳柔软
牵动着帐篷随风轻轻地舞动；
那雪松高杆就是中央的支撑点，
棚顶巍巍如尖塔一般指向苍天，
它标志着灵魂的稳当安逸——
仿佛不为任何一根纤绳所牵连；
在这里没有任何有形的牵扯，
只有松松地维系着的无数情丝，
让大地上的万物成为一个整体；
只有当其中一根过于拉紧时，
在变幻莫测的夏日空气里
才有了一丝丝束缚的意识。

投 林

我到了树林的边缘，
鸫鸟的鸣唱——哦听！
现在，外面若是黄昏，
里面，便是幽冥。

一只鸟已飞临林中幽冥，
双翼依然轻盈灵巧，
为寻找栖息之处好过夜，
虽然它依然在鸣叫。

太阳的最后一缕光线
在西天正在死亡，
余一息尚存者，留待一曲
活在鸫鸟的胸膛。

远方柱林隐隐的黑暗里

鸫鸟的圣乐在继续 ——
那无异于一声召唤
投入黑暗和悲戚。

哦不，我是出来看星的，
我却不愿投林去。
纵然邀我也不去，
何况是邀请无稽。

至多如此

他认为自己把宇宙独占了；
因为他能听到的一切回音
不过是他自己声音的模仿
是湖对面林木遮盖的崖壁的回响。
某天早晨，从乱石堆积的湖滩
他要对着生活大喊，而生活缺少的
不是自己爱的鹦鹉学舌的回返，
而是对方的爱，新颖的回应。
他的叫喊，没有得到任何反应
直到成为一种碰撞的体现——
碰碎在另一边崖壁底部的碎石坡，
然后，溅起在远处的水面，
但须经过让它游过水面的时间，
而不是证明有人类在近边，
或者他之外还有另一个人出现；
作为一头雄鹿，它赫然显现，

把一湖起皱的水汹涌推向前，
犹如瀑布一泻千里，径直上岸，
径直的脚步一路冲撞过石滩，
直闯入矮树丛中——就这样完蛋。

鸟的叫声再也不该一成不变

他宁愿宣称而且也相信:

周围园中所有的鸟儿们

因为整天听夏娃的声音

鸣叫中便添加上一种腔调,

虽无言辞却是她的语义语调。

不可否认,如此轻柔而雄辩

只有其召唤或笑声带着它飞上云天,

才会影响到鸟儿的鸣叫婉转。

无论怎么说,鸟儿歌声中有了她。

再者,她的声音和鸟鸣混成一片,

一直以来始终飘荡在林间,

大概永远也不会消散。

鸟的叫声再也不该一成不变。

正因此,她才来到鸟儿中间。

云 影

一阵清风揭开了我的书本,
翻动书页,寻找一首诗,
那往往是关于春天的诗。
可我要告诉她:"没有的事!"

谁会写一首春天的诗呢?
清风不屑于回答;
一团云影拂面而来,
唯恐我让她错失了此地。

完全地给予

我们早已属于这片土地,而土地还未曾属于我们。
她已是我们的国土百年,我们才成为她的人民。
她已是我们的,在麻州,在弗吉尼亚,
可我们却仍然属于英国,仍然是殖民地,
占有着我们并不属于的,
而属于我们如今已不再占有的。
我们迟迟不愿给予的,使得我们软弱,
直至真正弄清,我们生存的土地上
正是我们自己不愿把自己给予,
于是立刻从妥协中找到了拯救。
于是我们,我们便把自己完全地给予
(给予的契约便是多次战争行动)
这块心照不宣地向西部扩展的土地,
不过仍然缺乏传奇,朴拙无机巧,繁荣昌盛可待,
于是乎她既有如此过去,她无疑会有自己的未来。

千禧年前夕

为了开启旧世界,
我们有过金时代;
不再劳作淘金矿,
有人说是新迹象;
二次淘金会来临,
千年福祉将临门;
最后的金光返照,
到末日。若是真,
(科学总会先知晓)
我们就要昂起头:
不要只除园中草,
不要只注书中宝,
且看奢华如何了。

一首诗

行文出句轻快地推进,
遵循韵脚也要有意趣,
务必保持节奏和节律,
让语义不偏不离。

一个问题

一个声音说,望星空而见我,
再诚实地告诉我,尘世的人啊:
假若一切灵肉都结疤痊愈,
就剩不下多少来回报生育?

笨 人

吾爱，和柏拉图①的想法随意较劲，
智慧未必出自雅典②的空中楼阁，
也可能出自斯巴达人③，甚至比欧西亚人④。
最后，我也不求系统的回答。

---

① 柏拉图：古希腊哲学家，主张理念论，有《理想国》《柏拉图对话录》传世。
② 雅典：古希腊首都，哲学家云集；据说哲学是空中楼阁，故有此诗句。
③ 斯巴达人：古希腊民族尚武，主张健体强身，富国强兵。
④ 比欧西亚人：古希腊笨人。

秘密端坐

我辈外围起舞,费心猜想,
秘密端坐中央,洞悉本相。

举步若轻

一张地图,两个刺球,
之间是一条头脑空空的蛇。
刺球是高山,蛇是大河,
空空的头脑就是湖泊。

名字前加了一个圆点,
应该是一座城市,
应该还有一幢房屋,
一美元就能买了去。

前轮低陷进沟渠,
我们把滚烫的车子抛下,
敲响了刚发现的房门,
今天它就是我们的家。

三百年沧海桑田,

在我们大西洋的此岸,
家族的盛名一个接一个。
我们还要再加上三百多

那都是我们开农场的姓名,
偏远,但却不能再偏远,
养肥了土地,增收了庄稼,
我们修好屋顶和篱笆。

那十万个日日夜夜,
不过是报纸上头版事件,
经历了六次重大战争,
四十五任总统出现。

第 八 辑

选自《绒毛绣线菊》(1947年)

绒 毛 绣 线 菊

在路中

路在山丘的顶头,
好像是到了尽头,
上到了天尽头。
在远处拐弯处

又像是入了林。
只要树木站得稳,
那地方就稳站不动。
可你放开想一想,

几滴内燃的油
让我驱车在路上,
只限于此路途。
它只管近和远,

绝对的腾飞和休整,

它几乎不相干。
长远的是青天,
青绿在眼前。

偶像崇拜者

波浪回吸,最后一点点水
在我的双腿间裹起一束束海草,
沉沙与激流迅速地涌动
抽去了我赤脚下的支撑,我摇晃,
要是止步不前,定会仰面朝天,
就像是错爱的理念倾翻。

崖间洞穴

沙崖宛如金色的天空，
金色好像是沙丘荒原。
眼前不见一丝人烟，
直到视线的边缘，
悬在石灰石岩壁的中间，
那暗黑的斑点不是一个污点，
也不是阴影，而是一个洞穴，
有人曾经攀爬，攀援，
害怕了就爬进去歇歇脚。
我看到他脚底的老茧，
他消失了的最后的身影，
他的饿瘦了的族群，
哦，那该是多年前，万年前。

超凡入圣

论曰：假若你掌握得足够紧，
足够长，它就会发展成一种信念：
如此，仿佛我们的肉体会脱下皮囊，
而灵魂，也会获得彻底的解放。
到那时，我们的手臂和腿脚会萎缩，
只有大脑仍然属于我们终有一死的生命；
我们何不躺卧在海滩上，与海藻为伍，
每日里单做海潮浴，无论细滑或粗糙。
因为我们曾经躺卧在那里，像长满斑点的水母，
但各自处于进化的两极。
可如今，像锈迹斑斑的大脑，我们躺下做梦，
剩下的只有一个退化的物种的希冀：
哦，但愿那海潮迅速地升高，
趁我们抽象的诗句尚未干燥。

为何要等待科学

不无讽刺的科学,她总想知道,
凭借她貌似傲慢而内心恐惧的部门:
我们提议如何才能离开这个地球,
可就是她把事情搞成这样,我们必须走,
否则就得绝种。要不要请她向我们表明
如何通过火箭,我们就指望翱翔太空
抵达某个星球,比如说,经过半光年
的距离,再穿过绝对零度?
为何要等到科学告诉我们如何做
而一个外行人现在也能说得清楚?
逃离家园的途径,古今不易,
当我们五千万年以前来到世间——
假若还有人记得那远古的缘由。
我倒有一种理论,就怕行不通。

第 九 辑

选自《林间空地》(1962 年)

林 间 空 地

离 去

我就要走出
这荒凉的世界,
我的鞋和袜
不把脚磨坏。

我身后留下
城里的朋友。
让他们喝饱酒,
再睡个够。

别以为我离去
是因为那黑暗,
像亚当和夏娃
被逐出乐园。

请忘记那神话。

从来没有谁
赶着我上路，
要我去忍受。

除非是我的错，
那不过是应了
一首古老的歌：
"我——将——离去！"

假如不满意，
我还要回来哩，
讲述我的见闻，
讲述死的故事。

人踪灭

我亏欠太多,太多,
对于那过往的过客,
因为今昔来复去,
抄近道,似能通久,
至今我亏欠得更多,
因为前人已作古。

他们不必骑马乘车
再来到这人世间
责我行道迟迟,
把我逼到路一边,
为了速度和其他,
发现别有景致。

前人把道路留给了我,
只道行走,无须说:

(或许只对着一棵树,
它听而不闻,只沉思)
"赖君站路旁,落叶
覆路面,作戎装。

"不久,因缺乏阳光,
前途渺渺雪茫茫,
还会雪上加霜;
可是这衣装也太轻薄,
败叶终于显形状,
扫尽融雪见真相。"

就这样,寒冬来临,
到时我也不存在,
留不下一串足迹;
莫非要人类不齿的兽,
鼠辈,狐辈,
留下兽迹充人迹。

结　局

超亮的房间，高谈阔论，
我们跌跌撞撞走过。
哦，曾经有过第一个夜晚，
可今夜，是最后一个。

他可能讲过所有的事情，
真诚，或不真诚；
他从未讲过她不再年轻，
不再是他的亲爱的。

哦，有些很快就被全抛，
如同抛掉一部分。
有些人会说出一切事情，
只有一部分是真。

希望之危

果园变枯秃,
果园复葱绿;
万物皆有时,
不过是过渡。

当枝条盛满
盛开的花蕾,
粉红或洁白,
我们畏其危。

不曾有一处
不付出代价;
不遭连夜霜,
不会有时佳。

反踩踏

在行列的最尽头,

我踩了谁的脚指头,

他丢了职业像锄头。

他生气地奋起

给了我一击,

那可是要命的。

可那不能怪他,

但我骂了他一句。

不过我必须说,

这一击,我觉得

是预谋的报复。

你大可说我是笨蛋,

可不,那也算规矩:

手中的武器

能否变工具?

我们会如何看?

我踩踏的第一件工具

到头来变成了武器。

冬日林中

在冬日的林中
我迎着树木独自行。
我瞄上了一棵枫树,
便把它放平。

四点钟,我扛起斧头
走在午后的阳光中,
我穿过斑驳的雪地,
拖着一道阴影。

我想,大自然无所谓失败,
纵然一棵树倒下,
而我,在我退回的途中,
会遇上另一种击打。